Parce que c'est nous

Nicolas Durand

Parce que c'est nous

Nouvelles

LE LYS BLEU
ÉDITIONS

ISBN : 979-10-377-9388-1

À mon frère de cœur,
meilleur ami Mehdi qui n'a de cesse
de me tirer vers le haut et de me pousser en avant

On dit qu'on ne choisit pas sa famille, mais qu'on choisit ses amis. C'est totalement faux. La vraie amitié vous tombe dessus sans que vous ayez à choisir.

« Parce que c'était lui, parce que c'était moi. » C'est en ces termes que Montaigne expliquait son amitié avec La Boëtie ; mais peut-on trouver une explication ? Doit-on même chercher à l'expliquer ?

1

« Il fait encore bien chaud ! » se dit-il en prenant son sac de sport pour aller au foot. Normal pour un 20 août… Mais peu importe, la passion est plus forte que l'oisiveté. Un temps pour lui, rien qu'à lui, sans avoir à s'occuper des autres. Un moment rare, et donc précieux.

Il sourit, imaginant la suite de la journée. Un jour pas comme les autres. Il fête son trentième anniversaire. Ses amis organisent pour l'occasion une soirée.

L'ascenseur conduit Rayan au garage. Le temps pour lui de sortir son paquet de cigarettes et de réaligner tout ce qui peut l'être autour de lui, comme l'affiche du syndic. « C'est vrai, ça fait désordre. C'est même agaçant », se dit-il.

Rayan est un jeune homme brillant, apprécié de tous. Ni grand ni petit. Ni gros ni maigre. Il paraît fort, mais il est pourtant si frêle. Il a le teint mat, les traits fins, les cheveux courts toujours bien coiffés. Il est toujours admirablement vêtu. Son regard doux tranche avec sa voix gutturale.

C'est celui sur qui tout le monde se retourne. Chacun veut être son ami, son meilleur ami ou son amant. Le connaître et s'afficher avec lui est une chance, un privilège. Vous voyez, c'est le genre de type à qui l'on a envie de donner des baffes par jalousie ! Posséder son 06 peut être une source de revenus non négligeable. Il doit bien se négocier.

Malgré les apparences, il reste un jeune homme seul. Seul au milieu du monde des autres. Son besoin d'être entouré le pousse à fréquenter beaucoup de monde, à boire des verres avec des amis, et même à vivre en couple. Mais, au fond, il se sent seul et dans l'incapacité de nouer une relation profonde et désintéressée. Il éprouve le désir de trouver dans sa vie un meilleur ami. L'ami qu'il n'a jamais eu, une sorte de grand frère, lui qui est l'aîné d'une famille de cinq enfants. Il y a deux mois, il a prié très sincèrement Dieu pour qu'il lui donne cet ami.

Un œil sur la montre, il a le temps de fumer « une p'tite dernière pour la route », sans jamais lâcher du regard son portable, qui est indissociable de sa main.

Une respiration longue et profonde vient envahir ses poumons. Son regard balaie sa voiture, qui aurait grand besoin d'être nettoyée. Le parking est calme. À peine entend-il l'appel intempestif de l'ascenseur. On n'appuie jamais qu'une fois sur le bouton. Des fois que l'ascenseur n'entende pas…

Un bruit se produit, mais, perdu dans ses pensées, il n'y prête pas attention. Quel sera le cadeau ? Une journée dont il sera le héros. Durant ces journées-là, on profite, on prend soin de soi, on oublie tout et on devient légitimement égocentrique. Une belle journée, se dit-il.

Encore une fois, il se fera rappeler à l'ordre par ses coéquipiers. Toujours en retard… Encore une fois, ils lui pardonneront, mais non sans grommeler.

Une odeur métallique attire son attention. Une odeur inhabituelle qui lui rappelle tout de suite la fois où il s'était coupé en voulant décapsuler une bière à la main. La bière ressemblait plus à une sangria, ce jour-là ! Rayan est un peu hypocondriaque. Ce souvenir l'a marqué.

Cette fois, le bruit auquel il n'avait prêté aucune attention l'interpelle. Contournant sa voiture, il aperçoit un homme au sol.

Un homme complètement différent de lui. Le genre de personne dont on ne dit rien.

Autour de lui, du sang en train de coaguler, dans la poussière du sol bétonné.

Cette fois, c'est certain, il sera en retard au foot. Il n'est pas homme à ne pas porter secours à son prochain.

Leurs regards se croisent et Rayan voit, sans la comprendre, la détresse de cet homme.

« Ça va ? » lui demande-t-il. Une question plutôt sotte en de telles circonstances, mais que voulez-vous dire d'autre ?

Le regard de l'homme en dit plus que sa voix paralysée par les sanglots. Un couteau et des veines, il n'en fallait pas plus. Étrange destin pour un homme qui manqua de veine dans sa vie.

Rayan se souvient d'avoir vu dans une série Netflix qu'il fallait faire un garrot pour stopper une hémorragie. Ça marche toujours dans les films, parce qu'il y a toujours ce qu'il faut sous la main. Ça, on le voit dans les films. Rayan va chercher un chiffon dans son coffre, mais ne trouve rien de mieux qu'une chaussette de foot. En retard et avec une seule chaussette, ça devient critique…

Tant bien que mal, il serre la chaussette sur la plaie, au niveau du poignet. Chaque battement de cœur fait l'effet d'un petit geyser. L'homme est conscient. Il avait dû passer à l'acte après la dernière cigarette, celle du condamné par la vie, il y a une dizaine de minutes, à en juger la mare d'hémoglobine.

Pas le temps d'appeler les secours, il faut agir vite. Rayan installe l'homme dans sa voiture.

« Essayez de ne pas tacher les sièges, je vous emmène à l'hôpital. »

2

Pourquoi la Golf était-elle garée au troisième sous-sol, place 333 ? Pourquoi cet homme avait-il commis l'irréparable à cet endroit ? Il y a sept milliards d'individus sur Terre, alors pourquoi Rayan, et pas une autre personne, se retrouvait-il mêlé à cette affaire ? Il y avait bien d'autres places de parking, pourquoi la 333 ? Lui qui perd toujours à l'EuroMillions, le voilà grand gagnant du jour.

Les pneus crissent sur la peinture sur le sol du parking. On se croirait vraiment dans une série américaine. Tous les ingrédients d'une bonne fiction sont là : du sang, un parking souterrain, des crissements de pneus, la lumière blanchâtre caractéristique des néons, une vie en suspens, un dénouement sans happy end. Sauf que là, il ne s'agit pas d'une série, mais bien de la réalité, qui rapproche deux personnes qui n'ont rien fait pour se croiser. Deux personnes, deux personnalités que rien, a priori, ne devait rapprocher.

Le GPS indique par une voix féminine et suave vingt-deux minutes pour parcourir les 5,8 km qui séparent le parking Indigo Lille Grand Palais du CHU. Vingt-deux minutes. C'est court, mais assez pour que l'inconnu se vide de la dernière goutte de sang.

La barrière du parking qui se lève rappelle un départ de course. Une course contre la montre, contre une mort probable, sinon certaine.

Être confronté à la mort n'est plus une situation normale dans notre société. Du moins jamais Rayan n'avait-il approché la mort de si près. Ses seules accointances avec la mort sont cinématographiques ; rien à voir avec la pâle et froide blancheur de la mort d'un homme qui gît à ses côtés. Cette pensée provoque en lui des tremblements et des angoisses.

Sa conduite s'en ressent. Bien que nerveuse, elle reste trop lente en raison du trafic ; les restaurants de la place du Général-de-Gaulle attirent toujours les ventres affamés par les spécialités flamandes, les welshs, les waterzoois et autres gaufres à la cassonade. Habituellement, Rayan y croise des groupes de tous les âges, tous aussi joyeux les uns que les autres. Il a peine à croire que, au milieu des joies et des éclats de rire des gens du Nord, il y a un homme désespéré au point d'avoir tenté de mettre fin à ses jours.

Alors que la voiture prend la direction de l'A25, Rayan reprend la conversation, à la fois pour maintenir l'homme éveillé et pour comprendre ce qui peut bien conduire un homme à commettre cet acte.

— Oh ? Vous m'entendez ? Vous êtes là ?

— Oui, oui.

— Moi, c'est Rayan, et vous ? Répondez-moi !

— Clément répond l'homme d'une voix faible et nouée.

Le regard de Clément se porte sur l'état de la voiture : rien à voir avec le personnage raffiné qui la conduit ! Le capharnaüm ne correspond en rien à l'image que renvoie ce jeune homme soucieux de son apparence, que l'on prendrait facilement pour un trader, un homme qui exerce une profession sérieuse et rémunératrice. L'intérieur de la voiture sent le tabac froid. Le sapin accroché au rétroviseur est abattu. Quoi qu'il en soit, ça sent le sapin pour Clément !

Le sol du véhicule est jonché de restes de repas. A priori, c'est un habitué de la malbouffe, à en juger par les sacs plastiques de L'Atelier du burger. Il y traîne également des rappels de P.-V. non réglés au milieu des tickets de caisse et des paquets de cigarettes vides.

— Il ne faut pas vous endormir, Clément !

— C'est pourtant ce que je cherchais à faire !

— Ah ! Vous parlez au passé, c'est bien !

Clément ne répond pas et engage la conversation :

— Vous avez l'habitude de faire ça ?

— Quoi donc ? De sauver des vies ?

— Non, de griller un stop !

— Ah ! ah ! ah ! C'est vrai, ça m'arrive… Mais je veux vous sauver…

— Mais pourquoi ? Vous ne me connaissez pas. Je n'en vaux peut-être pas la peine…

— C'est vous qui le dites, mais je suis certain que vos proches vous aiment. Ils ne vous le disent peut-être pas, mais ils vous aiment. Il y a quelqu'un que je peux prévenir ?

À ces mots, Clément voit défiler en quelques minutes le synopsis de sa vie.

3

Les panneaux défilent sur l'autoroute aussi vite que les années d'une vie pourtant bien morne…

Il n'a pas eu une enfance malheureuse. Ni heureuse non plus. Il a eu une enfance, c'est tout. Né dans une fratrie de trois enfants, il était le dernier. Il n'a jamais manqué d'amour au sein de l'environnement familial, mais sans doute de reconnaissance, d'encouragements. Il a eu pour seuls juges les appréciations de ses professeurs, l'exigence paternelle envers le travail et la docilité en faveur de l'ordre établi. Il était né pour obéir et se taire. Il n'était pas spécialement bon élève. Habitué aux commentaires sur les bulletins scolaires du style « Du travail, mais des résultats insuffisants », il a dû redoubler d'efforts, mais aussi redoubler des classes. Il se souvient d'un professeur principal qui avait expliqué à ses parents qu'il n'était pas un intellectuel et qu'il fallait envisager une réorientation professionnelle – alors qu'il était incapable d'enfoncer un clou… –, de la fois où, alors qu'il rendait les timbres fiscaux pour l'inscription au bac, le professeur avait soupiré en disant devant la classe : « Vous faites perdre de l'argent à vos parents. »

Il en avait résulté un isolement au moment où les enfants, les adolescents découvrent l'amitié et les interactions sociales qui l'accompagnent.

Il n'avait trouvé sa place qu'à travers le scoutisme. C'était même un leader, dans les bons comme dans les mauvais coups que l'on peut faire à cet âge !

Son surpoids et son acné n'avaient pas aidé. Les adolescents sont parfois cruels : ils mettent à l'écart, frappent un faible comme pour remporter un trophée, l'humilient devant les autres, y compris devant les professeurs qui, en s'abstenant d'intervenir, cautionnent ces agissements… Tout cela l'a profondément marqué et a modelé son rapport au monde.

Il était nul en foot. Ça n'aide guère ! Être sauvé par quelqu'un qui va justement jouer au foot, c'est un comble… ou une revanche.

En se rappelant l'histoire de sa vie, pourtant bien enfouie au plus profond de lui, les larmes lui viennent et sa gorge se noue un peu plus.

Il n'avait jamais eu vraiment d'amis (avait-il seulement idée de ce qu'était l'amitié ?), juste des connaissances, dont il se satisfaisait, et qu'il a vues partir au fur et à mesure de l'arrivée des copines. Certes, il a été proche de quelques personnes, mais on le considérait comme un danger pour le couple. Hypersensible, trop tactile, trop idéaliste sur l'amitié : c'est vrai, pas simple d'accepter l'ami du petit ami qui a de grands rêves et dont on parle avec passion. Victime d'ostracisme, il a souvent pris ses distances pour éviter toute situation belliqueuse et laisser ses connaissances en paix. Il lui a fallu vivre avec une armure, faire apparaître un autre personnage qui était à l'opposé de lui : froid, insensible, inatteignable. Un chat qui s'était transformé en un féroce félin.

Les conquêtes amoureuses n'ont pas non plus embarrassé sa vie. D'ailleurs, il n'avait jamais dit « Je t'aime », et personne ne le lui avait dit. Même en famille, la pudeur interdisait l'expression des sentiments, surtout quand on était un garçon. Il se souvenait du jour où son père lui dit : « Arrête de pleurer, que vont dire les filles ? » C'était là l'un des souvenirs les plus lointains qu'il avait de son père.

Sa vie sociale avait également été difficile. Même s'il était aimable, qu'il était un bon voisin, un client agréable pour la caissière du Franprix, il restait méfiant, opaque et secret. Il offrait avec impuissance le douloureux spectacle d'un homme muet lors des rencontres amicales avec ses collègues, incapable d'engager une conversation avec qui que ce fût, un sourire béat en guise de masque. Profiter de la vie et de ses plaisirs lui était totalement impossible.

Noël, le Nouvel An et la Saint-Valentin étaient pour lui les jours les plus déprimants. Alors, la solitude était plus pesante que d'habitude. Il n'y a guère que la dame de la météo qu'il appréciait le 31 décembre, car elle adressait toujours un mot gentil aux personnes qui vivaient seules. C'était sans doute la seule personne qui pensait à lui dans ces moments-là. Ces jours-là, il finissait toujours par prendre des somnifères pour arriver plus vite au lendemain. Il lui arrivait de rêver qu'il ne se réveillerait pas. Le bonheur des autres avait pour lui quelque chose d'agaçant, d'arrogant, voire d'injuste.

Il avait pourtant eu une carrière assez riche au cours de laquelle son travail et son abnégation avaient été remarqués. Cela lui avait permis d'obtenir des postes à responsabilités, mais au prix d'un travail toujours plus important qui l'avait détaché de la vie. Il avait accumulé les heures et les privations de vacances. D'ailleurs, qu'aurait-il fait, seul, en vacances ?

Il n'avait gardé aucun contact avec ses collègues. Non qu'il ne souhaitait pas ; mais cela ne s'était pas fait. D'ailleurs, quand il avait perdu son emploi pour avoir soutenu un collègue victime de harcèlement, personne n'avait pris sa défense ; personne non plus ne l'avait salué. Il était parti dans l'indifférence et le déshonneur. C'était dur pour quelqu'un qui agissait toujours en bon petit soldat pour les autres. Une blessure de plus, qui l'avait conforté dans la certitude que personne ne l'appréciait. Il n'appréciait personne non plus, de toute façon. Juste retour des choses. Un partout, balle au centre.

Son téléphone n'avait pas sonné depuis plusieurs jours et il savait que personne ne s'inquiétait pour lui.

Ce jeune homme surgi de nulle part représentait au fond la seule personne qui s'intéressait à lui depuis bien longtemps. C'est à la fois joyeux, réconfortant et triste. Triste à en mourir.

Mourir dans un parking, derrière une voiture, lui convenait ; cela correspondait à l'estime qu'il avait de lui-même. Il n'était pas « le dormeur du val » de Rimbaud – cette fin eût été plus belle.

Toute sa vie, il avait pensé qu'il dérangeait et qu'il était insignifiant, condamné à être malheureux. Il était d'ailleurs désolé de mettre en retard cet inconnu venu lui porter secours.

Finalement, il se disait qu'il n'avait pas vécu et qu'il ferait mieux de s'endormir.

Enfin le repos, lui qui n'avait connu que la lutte pour vivre, pour exister, sans gagner le moindre combat. Un genou à terre ; il ne restait plus que le second pour être en paix.

Malgré le garrot, devenu rouge vif, le sang continuait à s'écouler ; son corps se vidait, comme pour être plus léger et le laisser partir doucement dans le sommeil éternel.

Jamais il ne s'était remémoré cette période. Il paraît que c'est au seuil de la mort qu'on revoit sa vie. Il était entré dans le fameux tunnel lumineux, celui de la mort.

4

— Clément, vous êtes toujours avec moi ? crie Rayan.

Il voit que ses yeux sont fermés, mais qu'une larme coule le long de la joue. Il le secoue, lâchant un instant du regard le volant et la route.

— Mais merde ! Réveillez-vous, bordel !

À ces mots, les yeux s'ouvrent, laissant place à un regard d'une tristesse incommensurable, suivi d'un léger soupir, comme un dernier souffle. Rayan comprend que la situation devient critique. Le CHU est encore loin. Le Spot Futsal où il est attendu est à une encablure de là. Cette fois, c'est certain, il sera absent et on lui en voudra sûrement.

— Vous ne m'avez pas répondu, il y a quelqu'un à prévenir ?

— Non… Personne.

Rayan prend la mesure du désarroi dans lequel se trouve son passager et trouve même une explication à son geste. Lui qui est sollicité de toute part, il prend conscience que lui aussi, finalement, est assez seul. Les gens qui l'entourent peuvent disparaître aussi vite qu'ils sont arrivés. Il suffit de perdre son emploi ou de quitter la région et hop ! on passe à quelqu'un d'autre. « Les gens sont superficiels », se dit-il.

— Vous croyez au hasard, Clément ?

En l'absence de réponse, Rayan poursuit, essayant d'étayer ses propos.

— Personnellement, je ne crois pas au hasard. Ce que nous vivons n'est qu'une conséquence logique. Ça s'appelle le karma. Vous voyez ? Je crois que nous vivons ce que nous méritons…

Lorsque Rayan s'aperçoit de sa gaffe, il n'ose rien ajouter. C'est vrai que, pour des paroles réconfortantes, c'est plutôt déplacé…

— Enfin, non… Je veux dire que Dieu nous impose des étapes, des situations sur lesquelles il nous demande de réfléchir dans le but que nous apprenions sur nous-mêmes et que nous trouvions le moyen d'agir comme nous le devons. Voilà, apprendre sur soi, apprendre de ses choix. Vous devez saisir le sens absolu des valeurs fondamentales comme l'amour, le pardon, le partage, etc. Une fois que vous avez la bonne compréhension de cet enseignement, vous êtes prêt à faire les bons choix de vie. Et cela tout au long de votre existence sur terre. Comme si la vie était un miroir qui se brisait, et chaque morceau un fragment de vérité. Le tout constitue votre vie. La vie est un test grandeur nature. Ce sont des épreuves qui sont propres à chacun et que l'on n'est pas en mesure de comprendre. Les épreuves nous amènent à nous questionner sur qui nous sommes. Il n'y a que la difficulté qui le permet, pas la vie facile. Il faut parfois embrasser la douleur, l'accepter pour se découvrir. Une fois que vous avez compris et dépassé toutes les épreuves, vous êtes prêt pour une autre vie, celle qui existe après la mort ! Vous comprenez ?

— Oui, parfaitement, je crois que je suis prêt à mourir… Merci quand même d'avoir tenté de me réconforter, répond Clément, brisant une fois de plus un silence glacial.

— Je suis certain que Dieu vous aime, Clément. Vous croyez en Dieu ?

— J'y ai cru, oui. Mais il semble bien que cette fois, il reste sourd à mes prières. Il est sans doute très occupé, ou alors il n'en a plus rien à foutre de moi. Un Dieu d'amour qui laisse crucifier son fils, vous y croyez, vous ? Enfin, non, vous ne le connaissez pas… Il m'a abandonné. Qu'ai-je fait pour mériter cette vie ? Que *lui* ai-je fait ? Alors, ne me racontez pas que je mérite cette situation, par pitié !

— Oui, je comprends… Vous verrez, vous allez vous en sortir. Il vous envoie des signaux. À vous d'accepter de les voir.

— Quel signal ? Celui de m'avoir mis sur votre chemin ?

— Par exemple, oui !

Le téléphone de Rayan n'arrête pas de sonner, de biper, de clignoter et de vibrer.

— Au moins, vous, vous ne savez pas ce qu'est la solitude !

— Disons que je suis très sollicité, oui.

Rayan n'a eu que rarement l'occasion de s'exprimer sur sa vie. Plutôt du genre secret, il soigne son image, gardant pour lui toute émotion qui risquerait de ternir sa réputation d'homme parfait. Il est totalement dévoué aux autres et cherche à faire le bien autour de lui.

Il poursuit :

— J'ai beau avoir un carnet d'adresses bien fourni, je suis assez seul, en fait. Vous savez, j'ai prié pour avoir un meilleur ami. Je me sens souvent seul, finalement.

— Vous vivez seul ?

— Non, enfin, c'est compliqué !

— Elle a de la chance de vous avoir.

— Pas tant que ça, non… J'ai rencontré la femme la plus exceptionnelle qui puisse exister, mais je n'ai pas su retenir mon bonheur. Je me suis mal comporté. Bref…

— Je suis désolé d'être intrusif. Pardonnez-moi.

— Non, non, pas de souci ! Continuez à me poser des questions, suggéra-t-il pour maintenir Clément éveillé.

— Vous avez fait du mal ?

— L'impardonnable…

Clément comprend qu'il a touché un sujet sensible. Il s'en veut. Cet homme à l'allure impeccable, cet ange qui semble tombé du ciel pour lui porter secours ne doit finalement pas être si bien que ça. Les héros ont toujours une face cachée, une partie qu'ils ne dévoilent jamais, qui risquerait d'assombrir leur image et de les ramener au rang d'être humain normal. Révélez que Superman avait peur du noir ou faisait pipi au lit, et le mythe tombe. Pour autant, plus le temps passe, plus Rayan paraît intéressant à Clément. Il donne la force et la volonté de se battre pour s'en sortir.

Clément est lui-même surpris de l'influence que ce jeune homme a sur lui. Dès la première seconde, il a eu un sentiment étrange, comme s'il savait que cet homme aurait pu changer sa vie. Il adoucira sa fin de vie annoncée.

— Je suis désolé de vous procurer autant de soucis. Je n'en vaux pas la peine. Pourquoi en faites-vous autant pour moi ? Vous savez que personne ne s'est occupé de moi comme vous le faites ?

— Nous approchons des urgences, tenez bon !

5

L'ambulance improvisée s'approche du centre commercial Lillenium. La circulation se fait plus dense et provoque des ralentissements.

— Le GPS indique que nous y serons dans dix minutes.

— Vous n'êtes pas d'ici, vous !

— Pourquoi dites-vous cela ?

— Il vous faut un GPS. Je suis né à Lille, mais je n'ai jamais eu le sens de l'orientation. En revanche, vous, vous avez le sens de l'observation et de la déduction !

Klaxon et appels de phares, Rayan emprunte la voie de secours pour tenter de gagner la course, peut-être la dernière de son passager. Il ne faut pas perdre une minute, prévenir l'hôpital de leur arrivée imminente.

— Allô ? Allô ? Oui, je m'appelle Rayan Bondues et j'arrive dans quelques minutes avec un homme qui a fait une tentative de suicide en se tailladant les veines… Oui, il est conscient, mais très affaibli. J'ai fait un garrot, mais… Oui, je fais vite !

Heureusement que le GPS de son téléphone est là. Seule la voix qui guide la voiture est calme et imperméable aux événements.

— À 10 mètres, prendre à droite en direction de C.H.U.-Roger-Salengro.

— Merde, bordel ! Trop tard…

— Au rond-point, faites demi-tour en direction de C.H.U.-Roger-Salengro.

Pour une fois, Rayan perd le calme que tout le monde lui connaît. L'idée d'avoir échoué dans sa mission le hante plus que le fait d'avoir un homme mort à ses côtés.

La voiture, la 3ᵉ poussée à fond, zigzague entre des véhicules qui réclament à Rayan de tempérer sa conduite à grand renfort d'appels de phares, de klaxons et de quelques noms d'oiseaux. Les automobilistes ne peuvent s'imaginer à quel point la situation est préoccupante et justifie toutes ces prises de risques !

Le C.H.U., avec toutes ses spécialités, sa faculté de médecine, s'étend sur des hectares.

Certains bâtiments sont typiques du Nord, construits en briques rouges. S'il n'y avait pas ces grands espaces verts autour qui lui donnaient un côté *british*, on aurait pu se croire dans un pays de l'Est avant la chute du mur de Berlin.

D'autres bâtiments, d'allure moderne, auraient pu aussi bien se trouver à Montpellier ou à Brest tant ils correspondaient peu à l'architecture régionale.

Un auvent de béton abritait les ambulances qui amènent les malades les uns après les autres avec leur flot de drames et d'inquiétudes. La Golf bleue s'arrête devant la porte d'entrée. Rayan sonne plusieurs fois avec insistance pour tenter de prévenir le personnel soignant.

Une médecin-réanimatrice ouvre la porte, s'approche de la voiture et commence son diagnostic visuel.

Son allure juvénile laisse penser qu'elle étudie encore à l'université voisine. Elle est très consciencieuse et ses gestes sont précis ; elle n'est impressionnée ni par l'odeur du sang ni par la vision de cet homme dont la pâleur tranche avec la couleur de ses vêtements tachés. Sa blouse ne reste pas longtemps immaculée.

— Monsieur ? Monsieur ? Est-ce que vous m'entendez ? demande-t-elle d'une voix à la fois douce et ferme.

Elle appelle en renfort ses collègues restés à l'intérieur pour pouvoir continuer à accueillir le flux ininterrompu de malades.

Une infirmière arrive, accompagnée d'un homme qui pousse un brancard.

À en juger par son apparence physique, l'infirmière doit avoir plus d'expérience. Cette femme forte affiche une certaine désinvolture, mais on sent rapidement chez elle quelle passion elle voue à ce métier. Il en faut, pour endurer toute la misère du monde !

— Vous avez demandé les urgences, nous voilà !

Le brancardier, qui doit avoir une vingtaine d'années, paraît plus introverti. Peut-être trouve-t-il auprès de sa collègue l'énergie nécessaire pour sauver des vies à longueur de journée.

Ensemble, ils sortent Clément de la voiture. C'est d'ailleurs plutôt l'infirmière qui s'en charge – en moins de temps qu'il ne faut pour le dire.

Une fois Clément installé sur le brancard, l'équipe trouve une salle disponible pour apporter les premiers soins.

— Sa tension est de 7/4. Il souffre de tachycardie. Faites un prélèvement, un bilan sanguin et perfusez-le pour débuter le remplissage en attendant la transfusion, ordonne la médecin.

L'infirmière n'avait pas besoin qu'on lui dise ce qu'il fallait faire. Elle refait le garrot sans chercher à savoir à qui appartient cette chaussette sur laquelle le blason du club ne se voit plus qu'à moitié. Elle a déjà relevé les jambes pour essayer de faire remonter la tension.

Rayan assiste à la scène bien, qu'il ait la possibilité de partir. Au fond, il a rempli son contrat. Mais il se sent dépossédé. Comme si Clément, qu'il ne connaissait pas il y a trente minutes, avait opéré un changement dans sa vie. Il a même l'impression que les soignants lui dérobent sa part.

Clément reprend connaissance. Il a assez de lucidité pour tendre la main vers Rayan, qui la prend avec soin.

Dans un dernier souffle, Clément murmure :

— Merci, Rayan. Merci pour tout. J'aurais aimé te rencontrer plus tôt.

— On se reverra Clément. Ne lâche rien, je t'en supplie.

Clément ferme les yeux. On apporte le brancard. Le regard de l'infirmière n'a rien de rassurant. Rayan a la gorge nouée de voir partir cet homme que pourtant, il ne connaît qu'à peine. Rien ne prédestinait leur brève rencontre.

La pression redescend. Assis dans sa voiture, il s'écroule sur son volant et se met à pleurer.

— Vous êtes arrivé à destination, annonce le GPS.

6

Il y a des jours dont on se souvient, d'autres qu'on aimerait oublier – particulièrement, un anniversaire teinté de tristesse.

Rayan a eu envie d'annuler la fête organisée en son honneur. Est-ce une bonne chose de faire la fête, de boire, de rire, de se déhancher après ce qui venait de se passer ?

Allongé sur son lit, les yeux ouverts, fixant le plafond, il se refait le film de la journée, le film de sa vie.

Pour une fois, il n'y a chez lui ni match de foot, ni console de jeux, ni musique. Juste le silence du recueillement.

Il ne répond ni au téléphone ni à aucune de ces notifications qui ne cessent, comme toujours, de retentir. Sans aucun doute, ses partenaires de foot, qui lui reprochent de ne pas être venu, plutôt que de s'inquiéter de son absence. Beaucoup de demandes amicales aussi, eu égard à sa popularité et aux bénéfices qu'il y a à être à ses côtés. Beaucoup de femmes.

Pour Rayan, rien ne semble pouvoir combler la perte d'un seul être, pourtant inconnu.

Est-ce parce qu'il avait vu la détresse, puis la mort, de si près ?

C'est la première fois qu'il vit une telle situation. Il avait été hospitalisé ces dernières années. Cloué au lit, son optimisme et sa joie de vivre n'avaient pas été entamés. Jamais il n'avait vu un homme mourir.

Se sentait-il fautif de ne pas avoir pu sauver cet homme ?

Lui qui priait intensément Dieu de lui donner un meilleur ami dans la vie, il a le sentiment que Dieu a exaucé ses prières et il s'en veut de ne pas avoir été à la hauteur de ce divin cadeau.

Il finit par s'habiller pour la fête. Pas pour lui, mais pour ses amis. Il ne peut pas les décevoir par son absence.

Il met comme à son habitude beaucoup de temps à trouver l'accord entre ses vêtements. Il opte finalement, après moult essayages, pour des baskets de couleur camel, un pantalon beige qui ne descend pas aux chevilles et une chemise blanche, pour mettre en valeur son teint cuivré resplendissant.

À son arrivée, tous sont là et poussent un cri d'acclamation pour leur meilleur ami. Ils se précipitent, telles des groupies qui espèrent un selfie afin de pouvoir dire « j'y étais ».

L'ambiance est décontractée, à l'image des tenues vestimentaires de chacun. Sur une banderole colorée sont inscrits les mots « Joyeux anniversaire, Rayan », ce qui accentue le caractère festif et bon enfant de la soirée.

Des tables sont dressées. L'une pour les verres, les seaux à champagne – du mousseux –, les assiettes et les couverts, et l'autre pour les victuailles. Les organisateurs ont bien pris soin de varier les plats pour satisfaire tous les goûts : friandises, pizzas, rosé et spiritueux… Il y en a pour un régiment ! Quant au gâteau, presque aussi attendu que Rayan, il se réserve une entrée remarquée plus tard dans la nuit.

La musique oblige les convives à parler plus fort et à répéter les phrases. Le lendemain, quand on a la voix cassée, c'est signe qu'on s'est bien amusé…

Accueilli comme une star hollywoodienne à Cannes, Rayan embrasse les personnes les unes après les autres, non sans leur avoir témoigné ses remerciements. Le statut de héros aurait été plus adapté que celui de star du septième art, mais chacun ignore la journée que Rayan vient de vivre.

La capacité de résilience dont il fait preuve permet de masquer les émotions vécues et la tristesse qui règne dans son cœur.

La soirée se passe comme tous ces moments pendant lesquels les participants jouent un rôle : les rencontres et les retrouvailles, le héros, l'intrigue (quel sera le dessert ?), les techniques d'approche, le dénouement, la fête et le clap de fin. Un synopsis connu et rondement mené, qui a fait le succès des plus grands Disney.

Rayan a eu besoin de ce moment pour oublier et faire le deuil, passer à autre chose. La vie peut reprendre, ou plus exactement se poursuivre, là où elle s'était arrêtée un instant.

7

— Question sport : comment sont surnommés les joueurs du FC Nantes ?

— Les Canaris !

— À présent, une question santé médecine : quel os se trouve dans la partie inférieure de l'arrière du crâne ?

— L'os occipital !

Jamais Clément n'avait pris le temps de regarder autant la télévision, et en particulier *Questions pour un champion*. À force, il devenait incollable, surtout sur les sujets sociétaux.

Quand ce ne sont pas les jeux, ce sont les courses cyclistes et les informations qui déversent les mauvaises nouvelles en continu. Derrière un écran, la cruauté de la vie est toujours plus facile à vivre. Certes, les anxiolytiques et autres antidépresseurs aident à supporter toute la misère du monde.

Les journées sont également rythmées par les repas. Moment tant attendu, et l'on se demande bien pourquoi ! À midi, tomates fades cueillies vertes et sans vinaigrette, jambon format « carte postale » avec des pâtes sans sel et sans pesto, un fromage caoutchouteux et une compote de pommes (du moins, c'est ce qui est écrit sur la barquette).

Certes, la dépense énergétique ne nécessite pas une alimentation plus riche. Le welsh attendra sa sortie. Seule la visite dans le bureau de la psychiatre extrait Rayan de sa chambre, qui porte le numéro 333, tout comme la place de parking. Le hasard est parfois farceur.

De la chambre, il aperçoit la couleur du ciel au-dessus du bâtiment d'en face. Son bleu tranche avec l'aspect impersonnel de la chambre, blanche et froide.

Un rayon de soleil vient éclairer sa journée quotidiennement. Il se prénomme Marie-Claude. Marie-Claude est membre du personnel affecté à la propreté. Elle passe en coup de vent tous les matins en lançant un bruyant et dynamique « Bonjour ! »

Serpillière au bout du balai, elle tourne, virevolte, passe et repasse autour du lit, évite la chaise, zigzague sous la table à une vitesse que seul Fangio aurait défiée.

En moins de temps qu'il ne faut pour le dire, la voilà qui nettoie la chambre voisine. Son arrivée s'entend bien à l'avance. Son pas, reconnaissable entre tous, résonne dans les couloirs tout autant que sa voix forte, qui part dans de terribles colères dès qu'un patient se laisse aller ou renverse sa délicieuse compote… Sans doute a-t-elle travaillé auparavant en gériatrie pour parler aussi fort.

C'est quelqu'un, la Marie-Claude ! Une femme au caractère bien trempé, une femme du Nord ! Son visage rond accuse les années et les kilomètres de couloir, penchée sur sa serpillière (une *wassingue*, comme on dit ici). Elle a l'accent dont les gens du Sud se moquent, mais elle a aussi le cœur que ces derniers n'ont pas.

Clément se souvient du jour où elle a pris une pause dans sa chambre.

— Vous êtes toujours seul ? Comment ça se fait que vous n'ayez pas de visites ?

— Euh… Mais si, j'ai de la visite : la vôtre !

— Oui, mais ce n'est pas normal, hein ! Vous n'avez pas d'amis ? Pas de famille ?

— Si, j'ai un ami. Mais je ne sais pas où il est, je ne connais même pas son nom, juste son prénom.

— Il faut le rechercher, bon sang, hein ! Vous n'allez pas vous laisser abattre tout de même ! Vous croyez que ça m'amuse de vous voir ici ?

Depuis ce jour, Marie-Claude prend le temps de lui rendre visite quotidiennement après sa journée. Jamais bien longtemps, mais histoire de papoter ou même, parfois, de lui apporter un gâteau à la chicorée qu'elle a fait la veille.

— Mon mari voulait le finir, je lui ai dit non ! Je lui ai parlé de vous.

Jour après jour, ils ont ainsi fait connaissance et se sont appréciés de plus en plus. Clément était touché par le fait que quelqu'un s'intéresse à lui et Marie-Claude par la solitude et la sensibilité de ce patient à qui elle aimait poser des questions.

Si Clément restait évasif sur sa vie, il retrouvait le sourire en évoquant la brève aventure amicale qu'il avait eue avec Rayan dans la voiture. Il n'arrivait même pas l'expliquer. « Un coup de foudre amical », disait-il.

— Bah, vous voyez, Clément, il m'est arrivé la même chose avec Kiki. Je l'avais vu à la SPA. Eh ben, j'ai fini par l’adopter. Un coup de foudre, pareil qu’avec votre ami !

Cette évocation amusa Clément, même si la comparaison avec un animal domestique le laissa perplexe.

— Mais, dites-moi, pourquoi êtes-vous si gentille avec moi ?

— Je ne sais pas. Tout simplement parce que je vous aime bien et que ça me peine de vous voir toujours seul.

Grâce à ces échanges simples, il avait compris qu’il existait, qu’il pouvait avoir de la valeur aux yeux des autres, qu’il pouvait recevoir autre chose que de l’indifférence. Une évolution vers un rétablissement. Un début de retour à une vie meilleure.

8

Déjà quatre mois dans cet hôpital, cinq médicaments par jour, soit six cents anxiolytiques et antidépresseurs avalés, et sixième visite chez la psychiatre.

La psychiatre, la Dr Decourrières, ex-interne des hôpitaux de Lille, est une femme douce. La quarantaine, les traits fins, les cheveux mi-longs, blonde, les yeux bleus. Son physique fort agréable et empathique cache en réalité une perversité qui consiste à faire avaler des centaines de substances opiacées en toute légalité. Aurait-elle un commerce parallèle avec quelque lointain cousin de Colombie ? Les gobelets de café entassés dans sa poubelle seraient-ils là pour justifier tous ces colis en provenance de Bogota qu'elle reçoit régulièrement ? Des colis chargés de substances à écouler ?

— À nous ! dit la psychiatre alors qu'elle vient chercher Clément dans la salle d'attente, un café à la main.

Clément reprend ses esprits et abandonne toute idée de dénonciation. Il pourrait toutefois menacer cette psychiatre de rendre publique sa découverte si sa sortie ne lui était pas accordée. Il observe le contenu du gobelet, essayant de deviner l'origine du café.

— Voilà maintenant quelque temps que vous êtes parmi nous et que nous nous rencontrons. Comment vous sentez-vous ?

— Bien, vraiment. J'ai pris du recul avec votre aide (ben tiens, avec la cocaïne, ça aide ! se dit-il) et je me sens apaisé. Je n'ai plus les symptômes du début du traitement.

— Parfait ! Mes derniers examens, tout comme l'analyse du laboratoire, vont dans ce sens. Par ailleurs, même si certaines personnes du service seront tristes de vous voir partir, j'envisage une sortie si votre état reste stationnaire.

Humm… Marie-Claude est intervenue. Serait-elle aussi dans ce mauvais complot ? Fangio l'Argentin n'est pas si loin de la Colombie.

— Mais pourquoi ne pas me faire sortir maintenant ? Je vais bien, à présent…

— Clément, je ne tiens pas à vous revoir. Ce n'est pas que vous soyez antipathique, bien au contraire, mais qu'allez-vous faire une fois sorti ?

— Docteure, j'ai appris grâce à vous, grâce aux personnes rencontrées ici et surtout grâce à l'homme qui m'a sauvé que la vie est précieuse et qu'elle vaut la peine d'être vécue. D'ailleurs, je vais m'employer à le rechercher pour le remercier. Vous comprenez, il a eu des mots si justes… Sans lui, je ne serais pas devant vous à vous exprimer ma volonté de vivre. Que dis-je, ma joie de vivre !

Clément est parti dans une longue plaidoirie. Des envolées lyriques aux moulinets de bras, tout y était, comme s'il portait une robe d'avocat.

La docteure est à la fois ébahie et amusée. Jamais un patient ne lui avait encore fait cela ! Sauf ceux qui étaient pris de démence, ce qui n'était pas le cas de ce patient-là.

— Je vois bien que cet homme vous raccroche à la vie. J'ai du mal à comprendre, mais soit ! S'il vous donne l'énergie et la joie que vous venez de me montrer !

Elle se met à rire. Elle semble prête à réviser son jugement, enfin, son rapport médical. Elle soupire tout en se balançant sur son siège en arrière, et demande :

— Et si vous ne le retrouvez pas ?

— Ce n'est pas prévu dans mes plans !

— Admettons ! Donc, vous le retrouvez. Parfait ! Vous lui dites merci et il vous claque la porte au nez… Comment réagirez-vous ?

— Mais, Docteure, pourquoi envisagez-vous le pire, soudain ? Vous n'avez eu de cesse de me dire de faire l'inverse ? Et puis… attendons d'avoir mal pour crier !

— Bravo ! 1-0 ! Mais, dites-moi, comment allez-vous le retrouver ? Avez-vous des pistes ?

— Pas beaucoup, non. Je me souviens de détails dans la voiture, d'une vague plaque d'immatriculation…

— Vous êtes arrivé aux urgences dans sa voiture ?

— Oui. Pourquoi ?

— Comme ça… On se revoit bientôt, Clément ! Bonne journée !

9

Fin de service pour Marie-Claude. Son podomètre lui indique 3,6 km.

— Vous vous en rendez compte ? C'est comme si j'avais poussé le balai sur quarante terrains de foot ! Pas besoin de faire du sport, croyez-moi ! Bref, que vous a dit la psychiatre, hier ? Elle vous laisse sortir ?

— Je ne l'ai pas sentie fermée sur le sujet. Je pense même l'avoir convaincue. Elle a vu à quel point j'étais bien lorsque je lui ai dit que, en sortant, je souhaitais retrouver le fameux Rayan. Elle a compris que c'était la meilleure des thérapies. Je la revois demain. Je prie pour qu'elle m'autorise à sortir. On le saura très vite, maintenant.

— Ah, bah c'est super, ça ! Bon, vous allez me manquer quand même… Mais comment allez-vous vous y prendre pour le retrouver ? Un prénom, c'est un peu maigre…

— Je ne sais pas. Je n'ai pas beaucoup d'infos, c'est vrai.

— Allons, on va lister et on va trouver des pistes de recherche ! Quand je vais raconter à mon mari que je fais une enquête, il ne va pas me croire !

— Ah ? Que fait votre mari ?

— Il est policier.

Marie-Claude paraît tout excitée à l'idée de jouer les détectives et elle est heureuse d'être investie d'une mission qui la sortira de son quotidien. Elle tend à Clément un cahier et un crayon posés sur la table et prend la direction de la cellule de recherche. Si elle n'était pas affectée au nettoyage, elle aurait bien écrit sur les vitres et collé des photos sur les murs, comme dans les séries télé.

— Allons, écrivez tout ce que vous savez de lui !

Clément s'exécute et écrit :

— Il s'appelle Rayan. Golf bleue, immatriculation inconnue. Porte des chaussettes jaunes.

— Hein ? Mais je pense et j'espère qu'il a changé de chaussettes, depuis quatre mois !

— C'est la couleur de ses chaussettes de foot ! Avec l'une d'elles, il a fait un garrot ! Ah ! Ah ! Ah ! Continuons… À manger à L'Atelier du burger. N'a pas payé un P.-V. Et… c'est tout, dit Clément, constatant tout en parlant qu'il part avec vraiment trop peu d'indices.

— Bon, c'est pas gagné, hein… Il y a bien une Golf bleue sur le parking, mais c'est celle du cuisinier. Et il n'a pas une tête à faire du foot. En plus, il ne s'appelle pas Rayan, mais Jacques. On avance…

— Il faut nous y prendre autrement ! En croisant plusieurs informations, on va pouvoir trouver des pistes. Les clubs de foot, pour commencer.

Nos Sherlock Holmes commencent par lister tous les clubs de foot de Lille. Méthodiquement, Clément trace une colonne pour le nom, une autre pour le téléphone et une dernière pour les remarques.

Il sort son téléphone et commence une recherche destinée à répertorier tous les clubs de foot de Lille. Le site de la ville affiche vingt-trois clubs. On peut dire vingt-deux, car Rayan ne joue pas au Losc, c'est évident. S'il était joueur professionnel, il ne roulerait pas en Golf, mais sans aucun doute dans un coupé de prestige.

Les jours à venir allaient être bien chargés, avec cette vaste recherche qu'ils ne savaient pas vraiment par où commencer. Et s'il était bien membre du club en haut de la liste ? Son ami était forcément dans l'un de ces clubs.

Un projet flou, une stratégie peu claire, de l'action à l'aveuglette : il n'en fallait pas plus pour nouer la gorge de Clément et rendre ses yeux humides. Il devait retrouver son ami. Ce projet virait à l'obsession ; il s'en servirait pour convaincre la psychologue. Le rendez-vous avec la Dr Decourrières était pour demain.

10

Le lendemain, dès 9 heures, Clément s'attelle à la tâche, consciencieusement. Il prend le téléphone. Cet appareil qui ne sonnait jamais va enfin de montrer utile.

Les uns après les autres, les appels se multiplient.

Du fond du couloir, Clément entend les bruits des chaussures à crampons et les cris enthousiastes d'un supporter. Mais ce n'est que le pas cadencé de Marie-Claude qui passe de chambre en chambre. Ses sabots et ses remontrances aux patients lui font penser à un footballeur.

Il n'a qu'une idée en tête : le retrouver. Lui qui n'avait jamais aimé le foot, le voilà plongé dans cet univers. Il en oublie même les moqueries qu'il recevait lorsqu'il était collégien. L'avoir dans son équipe n'était ni une bonne nouvelle ni un choix.

La porte s'ouvre violemment et un « Bien l'bonjour ! » très sonore le fait sursauter.

— Alors, où en êtes-vous ? demande Marie-Claude.

— Bah, pour le moment, je ne l'ai pas encore déniché, mais ça avance !

Clément reprend son cahier et fait un compte rendu précis de ses recherches. Il indique qu'il y a vingt-deux clubs de foot. Parmi eux, onze ont un entraînement à l'heure des faits et huit comptent dans leurs effectifs un joueur prénommé Rayan.

— Pour le moment, je n'ai pu avoir que six présidents de club. Trois équipes ont eu un entraînement le 20 août à l'heure où les choses se sont passées. Plusieurs ont dans leur rang des Rayan. Ici, c'est un enfant de 8 ans ; là, un homme de 40 ans. En revanche, aucune information sur la voiture.

— Et pour la couleur des chaussettes ?

— J'ai appris que, à l'entraînement, seuls les maillots sont communs. C'est fou ce que l'on peut apprendre ! Je vais poursuivre mes recherches ! J'espère avoir l'autorisation de sortir. C'est sur le terrain que ça va se jouer ! Le terrain de foot !

— Je croise les doigts ! Je repasserai après mon service. Vous me direz, hein ?

Les appels reprennent, comme dans un centre d'appels.

11

— Bonjour, Docteure !

— Bonjour, Clément. Comment allez-vous depuis la dernière fois ?

La docteure n'est pas comme à son habitude. Déjà, elle s'assoit à côté de son patient. Ensuite, elle lui propose de prendre un café. Son questionnement, bien que tactique, ressemble plus à une conversation entre amis. Elle se livre même à quelques blagues et à quelques confidences sur sa vie. Enfin, elle pose une question qui laisse penser que la sortie est proche.

— Une fois sorti, qu'allez-vous faire ? Avez-vous un projet ?

— Retrouver mon ami ! Il m'a fait comprendre que la vie valait la peine d'être vécue.

Clément ouvre alors son cahier et dévoile toutes les actions entreprises, les pistes en cours, les pistes fermées.

La docteure comprend alors que son patient est sur la bonne voie et que son hospitalisation n'est plus une nécessité.

— Vous savez, moi aussi, j'ai connu une personne avec qui je m'entendais fort bien. C'était ma meilleure amie.

Hélas, le temps, la distance, son mariage ont eu raison de notre amitié. On croit que c'est pour la vie, mais c'est comme un feu : si on ne l'alimente pas, il s'éteint. Je le regrette vraiment et votre histoire me touche. Dans mon métier, j'ai plus l'habitude de voir des histoires tristes, la misère du monde… Bref ! Je crois que vous êtes prêt à sortir.

— Vraiment ?

— Oui, à condition de suivre le traitement que je vais vous prescrire, et que vous me promettiez deux choses.

— Tout ce que vous voulez !

— Premièrement, de revenir si vous sentez que vous allez rechuter, et deuxièmement, de retrouver cette personne.

Clément rassure la Dr Decourrières, surtout sur le second point ; il en fait la promesse.

Cette fois, c'est certain, il partira demain midi, après quatre mois d'hospitalisation.

L'entretien se termine et, au moment d'ouvrir la porte du bureau afin de retrouver sa chambre – pour quelques heures seulement –, la docteure le rappelle.

— Ah, Clément, attendez ! J'ai quelque chose pour vous. Je me suis procuré auprès de la sécurité l'immatriculation de la Golf : CE-987-TN. J'ai outrepassé mes fonctions, alors promettez-moi de ne rien dire !

Clément ne sait que dire. Il est heureux de cette excellente nouvelle et constate une nouvelle fois que les gens peuvent l'aider et s'intéresser à lui.

Bien sûr, il ne regrettera pas cet hôpital. Pourtant, c'est dans cet endroit qu'il a vu l'humanité, la gentillesse et le don de soi. Une sorte de cocon, de refuge.

Les yeux picotent et rougissent soudainement. La gorge nouée, Clément tente de trouver les mots pour remercier et balbutie quelques débuts de phrases.

La docteure lui suggéra en riant de s'entraîner à dire merci avant de retrouver son ami.

— Enfin, si je peux me permettre de vous donner un second conseil, retrouvez votre ami. Un feu repart toujours à partir des braises.

L'histoire de Clément avait sincèrement ému la médecin et réveillé en elle un désir profond de retrouver son amie.

Ils se saluent, se souhaitent bonne chance et se séparent.

Comme promis, Marie-Claude est là pour connaître la décision.

— Je sors ! Je sors ! s'exclame Clément avec un large sourire.

C'est une vraie délivrance. La vie allait reprendre et fermer cette parenthèse de l'hôpital qui, au bout du compte, n'aura pas été si triste. Elle a notamment procuré à Clément l'occasion de faire connaissance avec des personnes merveilleuses qui font aimer la vie.

— Je suis contente pour vous, mais vous allez me manquer !

— Et ce n'est pas tout ! J'ai obtenu l'immatriculation de sa voiture !

— Ah ! C'est bien, elle vous l'a donnée !

— Vous étiez au courant ?

— C'est moi qui lui ai suggéré.

— Vous êtes formidable, même si on vous craint, ici ! Je crois que tout le monde fait attention à ne pas salir, à ne pas mettre de pain par terre par peur de représailles !

Un indice important vient de relancer l'affaire : on connaît « l'identité » de la voiture. Reste maintenant à savoir celle de son conducteur.

— Comment vais-je pouvoir obtenir le nom du propriétaire ? La préfecture ne me donnera jamais l'information.

Le rappel de P.-V. non payé permettrait peut-être d'avoir un nom.

— Si je vais aux impôts en disant que je veux payer l'amende…

— Peut-être… Montrez-moi l'immatriculation de la voiture…

Clément remarque l'air suspicieux de Marie-Claude. « Généralement, quand elle est comme ça, c'est qu'elle a une idée dans la tête », se dit-il. Ils commencent à bien se connaître, tous les deux.

Il est 16 heures. Dans moins de vingt-quatre heures, Clément reprendra la vie là où elle s'était arrêtée.

12

La nuit est courte. Excité à l'idée de sortir, Clément ne ferme pas longtemps les yeux. Lui qui voulait les fermer définitivement…

Le jour se lève et la lumière tamisée par les stores vient annoncer une belle journée. Clément ne tarde pas à se préparer et à rassembler ses quelques effets personnels dans un vieux sac plastique.

Le temps paraît plus long qu'à l'accoutumée.

Les appels reprennent pour contacter les clubs de foot. On n'imagine pas le nombre de Rayan joueurs de foot à Lille !

Pour le moment, aucun club n'avait permis d'identifier Rayan, une fois éliminés les mineurs, les seniors, les non-propriétaires de Golf. Le téléphone sonne.

— Allo, oui, bonjour. Je m'appelle Rayan et vous cherchez à me joindre, m'a dit mon club de foot. C'est à quel sujet ?

Décidément, cette journée allait être riche en émotions.

— C'est au sujet de la couleur de votre voiture. Vous avez bien une Golf ?

— Oui, mais je ne vois pas en quoi ça vous regarde…

— Elle est bleue, c'est bien ça ?

— Elle est noire. Allez-vous enfin m'expliquer ?

— Noire ? Vous en êtes sûr ? Vous voulez bien aller vérifier ? Parfois, selon la lumière, la couleur change.

Agacé, cet imposteur raccroche le combiné, laissant à Clément le soin de rayer une nouvelle piste et de se remettre de sa déception…

Comme à son habitude, Marie-Claude entre dans la chambre avec des salutations toujours aussi démonstratives ! Nouveau et dernier sursaut !

— Vous me faites sursauter tous les matins, mais votre bonne humeur va me manquer !

— Et attendez ! Vous ne savez pas tout ! J'ai quelque chose pour vous… J'ai un nom et une adresse !

— De qui ? Pas de Rayan !

— Je ne vais pas vous donner celui de ma sœur, pardi !

— Mais comment avez-vous fait ?

— Mon mari… Ne vous ai-je pas dit qu'il est policier municipal ? Facile pour lui. Pour moi, ce n'était pas la même chose ! Il a fallu le convaincre.

— Oh là là, mais comment vous remercier ? Je ne sais pas quoi dire…

Il y a des jours où rien ne se passe comme prévu. Il va pouvoir enfin mettre un nom sur le prénom et retrouver son sauveur !

— Rayan Bondues. Il habite au 3, rue des Terrils.

Quatorze heures, c'est l'heure de la sortie. Le temps de remercier le personnel, de prendre dans ses bras Marie-Claude, qui lui souhaite bonne chance dans ses recherches, et le voilà dehors.

Il pose son sac, prend une cigarette et regarde vers le ciel. Son regard s'accroche à une fenêtre du 3e étage, celui du service où il a séjourné. Il voit la Dr Decourrières. Ils échangent un petit signe de la main avant que la blouse blanche ne disparaisse.

Il faut à présent voler de ses propres ailes dans un monde qui, lui, n'a pas été soigné. C'est pourtant le monde qui est fou.

Demain matin, il se rendra à l'adresse de Rayan Bondues.

13

Clément scrute le GPS à bord du VTC. L'itinéraire pour se rendre jusqu'à la rue des Terrils, marqué par un fil rouge qui parcourt les rues emmêlées des faubourgs de Lille, se réduit. Comme une traînée de poudre jusqu'à la l'allumage du feu d'artifice.

Il prend peur soudain, et l'envie lui prend de faire demi-tour. Et s'il dérange ? N'a-t-il pas causé suffisamment de dégâts comme ça ? Rayan a-t-il vraiment envie de le revoir ? D'ailleurs, il n'a pas pris de ses nouvelles durant son hospitalisation.

Clément n'a pas fait tout ça pour renoncer. Il faut aller jusqu'au bout. Il se souvient, à ce sujet, des échanges avec Marie-Claude et avec la psychiatre. Il n'a pas le droit de les décevoir.

Il lui semble bon de prendre un temps de réflexion avant d'aller sonner à la porte…

— Arrêtez-moi là, s'il vous plaît ! dit-il au chauffeur.

La berline noire s'arrête aux abords d'une petite place.

Bien que l'heure soit matinale, la vie est déjà active. Trois avenues convergent vers cette place bordée par de vieux platanes. Une banque, un café, une supérette donnent à ce lieu une atmosphère villageoise.

Le café, d'aspect populaire ch'ti, porte bien son nom : L'Estaminet. Assis à la terrasse, quelques personnes refont le monde. Bière à la main, ils enseignent au tenancier du bar ce que le gouvernement doit faire et commentent les résultats du Losc.

Peu importe la qualité du café. Clément, qui vient d'y entrer, est accoudé au bar, dans une bulle hermétique. Deux questions le hantent : « J'y vais ou je n'y vais pas ? » et « Si j'y vais, je dis quoi ? »

Un SMS lui parvient alors et influence son choix : « Bonne chance ! Marie-Claude »

Ce message sonne comme un encouragement. Mais que dire à Rayan ? Déjà… « Bonjour, ça va ? » Non, c'est ridicule de demander ça. Un simple salut suffira. Ensuite… Rappeler qui je suis, dire que je viens remercier… La peur prend tout à coup le pas sur l'excitation de retrouver son ami.

La rue des Terrils est à dix minutes à pied. La marche aidera à répéter sa présentation. La rencontre va se faire, le dénouement de l'histoire est proche.

14

La plaque de rue qui indique « rue des Terrils » aurait pu être rebaptisée « arrivée », tant les dix minutes de marche ont été un exploit. L'envie d'abandonner gagnait Clément à chaque pas. Sa respiration ressemblait à celle d'un marathonien.

Un premier passage devant le numéro 3 permet de se faire une idée de l'environnement où vit Rayan.

C'est une petite maison en brique, comme beaucoup de maisons dans ce faubourg, et quasiment identique à toutes celles de la rue. Une habitation de deux étages et, visiblement, deux appartements, à en juger par les boîtes aux lettres. L'une d'elles ne mentionne aucun nom. Sur l'autre ne figure pas celui de Rayan.

L'absence de circulation et les voitures stationnées des deux côtés donnent à la rue une quiétude toute résidentielle. Toutefois, Clément ne remarque aucune Golf bleue.

Cette fois, face à la porte blanche de la maison, Clément retient son souffle et tente de maîtriser son rythme cardiaque avant d'oser sonner.

À cet instant, des bruits se dégagent du couloir et la porte s'ouvre. Un homme s'apprête à quitter son domicile. Ce n'est pas Rayan, hélas. L'homme, d'une soixantaine d'années, est surpris de voir quelqu'un planté devant sa porte.

— Bonjour monsieur, je recherche Rayan Bondues. C'est bien ici qu'il habite ?

— Qu'il habitait ! Il est parti il y a quelques mois du jour au lendemain, rétorque l'homme.

— Ah… Et savez-vous où je peux le trouver ?

— Aucune idée ! Il est parti sans laisser d'adresse. Pourquoi le cherchez-vous ?

Difficile de lui dire la vérité, mais il faut pourtant dire quelque chose, et vite !

— Eh bien… euh… je suis chargé par un notaire de le retrouver pour lui annoncer qu'il va toucher un héritage ! C'est une bonne nouvelle pour lui, ce serait dommage qu'il passe à côté d'une belle somme d'argent !

— Je ne sais pas grand-chose de lui. Aimable, mais secret. Son amie, une jeune femme brune et grande, venait souvent le voir. Mais à part ça…

— Et vous savez où il travaille ?

— Laissez-moi réfléchir… Ça me revient. Une fois, il m'a parlé de son travail chez… chez… Alors là, je ne m'en souviens plus !

— Je vous en supplie, faites un effort !

— Donald & Co, un truc comme ça, dans le quartier des Bois-Blancs, ça me revient. Non, Reynald & Co ! C'est ça. Je m'en souviens à cause du prénom !

L'aventure continue. Cette fois, ce n'est pas une fausse piste. C'est déjà ça. Le GPS indique que l'entreprise est à quarante-cinq minutes de l'ancienne adresse. « Si proche du but, ce n'est pas le moment d'abandonner », se dit Clément.

Cap aux Bois-Blanc

15

Les pas sont moins douloureux et la respiration plus légère. Comme si cette quête pleine d'émotions devenait un jeu. Finalement, ce n'est pas si difficile de s'inventer une vie. Le principal, c'est d'avoir la conviction.

Rayan ne s'est-il pas, lui aussi, inventé une vie, avec son verbe haut et ses élégants vêtements ? De toute façon, il faut le retrouver.

Le quartier abrite de nombreuses entreprises dans des bâtiments autrefois dédiés à la filature. Tous les immeubles ont été rénovés. Les façades austères sont aujourd'hui lumineuses et modernes grâce au ravalement récent et aux larges ouvertures des baies vitrées, qui remplacent avantageusement les petites fenêtres des entreprises textiles qui ont fait la richesse du Nord.

Reynald Co en est une parfaite illustration. Sur le parvis en granit se tient un groupe d'une petite dizaine de collaborateurs de l'entreprise, tous fumeurs !

— Bonjour, vous travaillez chez Reynald Co ? Je suis à la recherche de Rayan Bondues. Savez-vous si je peux le trouver ici ? demande Clément à une jeune femme.

— Désolée, je ne vois pas qui c'est, mais je ne suis ici que depuis quelques semaines. Je ne connais pas tout le monde ! On va demander à Charlotte…

La jeune femme appelle sa collègue qui s'approche, cigarette à la main.

— Charlotte, le monsieur recherche un certain…

— Rayan ! Rayan Bondues ! Il travaille bien ici ?

— Vous arrivez trop tard, Monsieur ! Il ne travaille plus ici depuis quelques mois. C'était pour un dossier en particulier ?

— Pas du tout, c'est personnel et il est très important que je le retrouve. Savez-vous où il est, actuellement ?

— Absolument pas. J'ai entendu dire qu'il avait quitté Lille pour le soleil, dans le sud de la France. Il était brillant comme garçon, très travailleur et super sympa.

— Je suis désolé d'insister, mais c'est vraiment capital. Savez-vous comment je pourrais le retrouver ? Vous connaissiez sa copine ? Une grande brune ?

— Ouh là… Si je devais me souvenir de toutes ses copines ! Je m'en souviens d'une particulièrement, mais elle était blonde. J'ai entendu dire que la brune qui travaillait ici est partie le rejoindre, mais je ne sais pas où. Je ne sais pas avec laquelle il est maintenant ! Un grand séducteur, ce gars !

— Et cette copine, vous savez où je peux la trouver ? Comment elle s'appelle ?

— Clara… Laura… Sacha… un truc comme ça… Sarah ! J'avais fait sa rencontre, brièvement. Ils allaient souvent dans le même bar en ville, le Coffee House. Je m'y rendais aussi, avant. Ils étaient toujours à la même place, au fond. Ils étaient beaux à voir tous les deux. Désolée de ne pouvoir vous en dire plus ! Ici, les gens vont et viennent.

De fil en aiguille, d'indices en informations, l'étau se resserre. Un jeu de piste digne de ceux qu'avait connus le jeune scout.

Clément envoie un SMS à Marie-Claude, comme une bouteille à la mer, le besoin d'évacuer son stress et de lui remonter le moral : « Toujours rien. Je vais de piste en piste. Cette fois, je n'ai que l'adresse d'un bar qu'il fréquentait avant… Peu de chance de le retrouver. Je vous tiens au courant. »

16

Clément décide de ne se rendre au Coffee House que le lendemain. La journée marathon a été trop éprouvante pour la prolonger. Sa détermination reste totale, malgré des moments de découragement qui commencent à ternir son quotidien. Il est cependant prêt à aller à l'autre bout du monde s'il le faut.

Le bar en question se trouve dans le Vieux-Lille, un quartier charmant, à deux pas du parking où ils s'étaient rencontrés. Les rues sont toujours aussi belles qu'animées.

Les grandes façades richement colorées abritent des terrasses tout le long des rues. Les éclats de voix se mêlent aux tintements des verres qui s'entrechoquent pour fêter l'amitié ou, simplement, le temps présent.

Au coin d'une rue, l'odeur sucrée des oignons attire Clément. Il s'agit d'une enseigne de restauration rapide, L'Atelier du Burger.

En remarquant ce nom, il se souvient de l'emballage qui traînait sur le tapis de la Golf.

Qui ne tente rien n'a rien ! Clément entre dans l'établissement et évoque le nom du client qu'il recherche, demandant si cette personne est connue ou s'il y a un fichier client. Rien… Même la description n'évoque aucun souvenir du vendeur. Pourtant, un jeune homme brun, B.C.B.G. et bien sapé, ça ne court pas les rues ! Comment un commerçant peut-il connaître sa clientèle aussi mal ?

Quelques encablures plus loin et après moult questions existentielles, l'enseigne du Coffee House apparaît enfin. Clément marche dans les pas de son ami. Il se dit que, désormais, ils sont sur le même chemin. Cette pensée calme ses angoisses.

L'endroit est assez chic. La terrasse accueille les clients sur de confortables sièges en rotin. Une bougie et la carte des consommations se trouvent sur chaque table à côté de grands bacs dans lesquels poussent des graminées, apportant au lieu une touche d'élégance.

La machine à café diffuse l'agréable odeur du robusta et produit un bruit assourdissant, suivi des trois coups portés sur un bac pour vider le porte-filtre. Drôle de pièce, et notre héros n'est pas là. Le rideau se lève sur une salle à la fois cosy et moderne. Différents matériaux se côtoient. Des tables en bois brut renforcent la chaleur du lieu. Il y a aux murs quelques tôles ondulées qui amplifient la lumière. Des tapis aux couleurs chatoyantes adoucissent le sol en béton ciré. Une agréable musique de Ludivico Einaudi complète le tableau.

Le garçon a un certain talent pour dessiner des motifs sur la crème du café. Des fleurs, des feuilles ou des cœurs, selon les clients. Un petit *kanelbullar*, le célèbre gâteau suédois à la cannelle, accompagne chaque tasse.

Le café n'aurait sans doute pas été aussi bon ailleurs sans ce cadre accueillant. 10 heures. Ce n'est pas l'heure de l'affluence record, surtout en semaine. Visiblement, Sarah n'est pas là. Personne ne correspond à sa description.

Le règlement de l'addition ne se fera pas sans une contrepartie. Il faut obtenir des informations.

— Dites-moi, je recherche un couple d'amis qui avait l'habitude de venir ici, Sarah et Rayan. Ça vous dit quelque chose ?

— Euh… dit comme ça, non… Vous n'avez pas leur Facebook ou leur numéro, si ce sont vos amis ?

— Eh bien, c'est-à-dire que… Vous savez, quand on change de téléphone, on perd souvent ses contacts ! J'ai quitté la région, et là, je reviens ; j'aimerais beaucoup les retrouver.

— Je suis désolé, mais je ne vois pas comment vous aider.

— Je comprends… En tout cas, votre établissement est formidable. Ils m'en avaient souvent parlé. Ils s'installaient toujours au fond de la salle. Tous les samedis matin, c'est bien ça ?

— Vous semblez bien les connaître pour avoir ce niveau de détail !

— Assez, oui ! Mais le temps, hélas… J'aimerais tant les revoir. Mais si vous ne les connaissez pas, c'est peine perdue !

— Pour eux, je dessinais toujours un cœur sur la crème du café avec du chocolat ! « Les amoureux », qu'on les appelait !

— Mais vous les connaissez, alors ?

— Je ne sais pas si vous êtes au courant, mais ils sont séparés.

— Oui, ça, je sais…

— Sarah continue de venir tous les samedis à 10 heures, comme s'il allait revenir. Je lui ai dit qu'elle se faisait du mal, que c'était fini entre eux. Elle semble y croire encore. Elle s'attache au passé. Un si beau petit couple, pourtant !

Clément règle l'addition, satisfait de ces nouvelles informations. Pour autant, ils ne sont plus ensemble et la possibilité de retrouver Rayan semble s'éloigner.

Il reviendra samedi, espérant rencontrer la personne qui le connaît le mieux ou, du moins, qui a partagé sa vie. Forcément, elle pourra lui donner ses coordonnées.

17

Parfois, il semble que, dans la vie, tout soit écrit.

Sarah arriverait, s'installerait à sa table, ils feraient connaissance et elle lui donnerait son adresse ou un moyen de joindre Rayan.

Mais l'histoire n'est pas toujours celle qu'on attend. Jusqu'à présent, on ne peut pas dire que la recherche ait été une réussite.

Sera-t-elle là ? Va-t-il la reconnaître ? A-t-elle gardé contact avec son ex-compagnon ?

Comment les êtres qui se sont promis l'amour peuvent-ils un jour se détester ? Clément, qui n'a jamais dit « Je t'aime » ni reçu ces mots doux, a du mal à comprendre.

Peut-être, au contraire, sont-ils toujours en bons termes ? Après tout, il faut voir le verre à moitié plein. C'est le conseil que la Dr Dojo lui a donné. À ce titre, pour ne pas céder au découragement, il note soigneusement sur un papier une pensée positive pour rester optimiste, qu'il dépose ensuite dans sa « boîte à cookies », comme il l'appelle. Son message du jour est le suivant : « Je vais retrouver mon ami coûte que coûte. » Une promesse à laquelle, jusque-là, il n'a pas dérogé.

La mission du jour est de trouver l'agent de liaison nommée Sarah, jeune femme blonde d'une trentaine d'années. Il sait qu'elle vient souvent le samedi vers 10 h 30 prendre un cappuccino avec un cœur dessiné sur la crème. Ce n'est pas la précision de l'A.D.N., ni un code-barres, ni même d'un portrait-robot, mais, finalement, jamais il n'a été aussi proche de son objectif.

Arrivé de bonne heure, Clément s'installe à une table proche de celle qui est censée accueillir Sarah.

— Monsieur, qu'est-ce que je vous sers ? demande une jeune serveuse.

— Un cappuccino, s'il vous plaît ! Il paraît que vous faites de jolis dessins dessus !

— Pour les dessins, c'est mon collègue Romain. Il est en congé aujourd'hui. Je vais faire de mon mieux, mais je ne suis pas une artiste !

— Ah… Et vous, vous connaissez Sarah, la jeune femme blonde qui vient tous les samedis ?

— Désolée ! Je ne travaille ici que depuis une semaine, et c'est mon premier samedi.

Bon. Il faudra se débrouiller sans l'aide de la serveuse. Pour les dessins, mais surtout pour identifier cette fameuse Sarah.

L'ambiance de ce lieu est toujours aussi agréable. Par rapport à la dernière fois, il y a beaucoup plus de passage, de discussions et de rires. En revanche, pas de femme blonde en vue. Clément scrute les visages de chaque femme. On doit le prendre pour un détraqué sexuel. La première blonde qui entre sera sa proie !

Justement, une jeune femme qui correspond aux maigres indices que Clément possède entre, accompagnée d'un homme. Ils prennent place au comptoir.

— Bonjour, je cherche une prénommée Sarah. Est-ce vous ?

La jeune femme n'a pas le temps de répondre que l'homme qui l'accompagne, visiblement très amoureux, répond avec force qu'elle ne s'appelle pas Sarah et lui demande de les laisser tranquilles.

Clément en arrive à espérer que les blondes soient moins nombreuses. Il n'a jamais attiré les belles filles, et ça continue. Cette matinée va entamer son optimisme. C'est une certitude, sa boîte à cookies va recevoir dès le lendemain des messages qui concernent la pugnacité.

18

Le beffroi, non loin de là, sonne 10 h 45 et, à cet instant précis, une jeune femme blonde entre dans le café. Avant même qu'elle ne s'installe à la place désignée, il espérait tellement que ce soit elle qu'il s'en est persuadé. Il a envie que ce soit elle, tant elle lui inspire confiance.

C'est une très belle femme dont le visage, aux traits fins, soulignés d'un léger maquillage, dégage une espèce de sérénité naturelle. Ses cheveux longs masquent une partie de son visage, laissant l'imagination de Clément vagabonder. Si la douceur de son regard et de son sourire se remarque aussitôt, on sent aussi en elle une forme d'autorité à peine dissimulée. On voit bien que cette femme a du caractère et une dignité que lui ont donnés son éducation et, sans doute, son rang social.

« Ils vont bien ensemble », remarque en lui-même Clément. L'accord parfait. Pourquoi se sont-ils séparés ?

Clément ne la quitte pas des yeux, comme s'il était subjugué. Si elle n'avait pas été la copine ou l'ex-copine de son ami…

Son regard insistant finit par attirer l'attention de la demoiselle. Gênée, elle détourne le regard et commande son cappuccino. Habituellement, elle n'a pas besoin de demander ce qu'elle désire : Romain le lui apporte spontanément. Avec le dessin et la petite pâtisserie.

Aujourd'hui, le cœur dessiné donne l'illusion d'être brisé.

Clément s'approche enfin de Sarah, non sans fébrilité. Il est autant impressionné par son allure que par l'enjeu de leur entretien.

— Bonjour… Vous êtes Sarah ?

— Euh… oui. On se connaît ? répond Sarah, l'air étonné, fronçant les sourcils pour chercher au fin fond de sa mémoire.

— Je n'ai pas encore ce plaisir, non, même si j'ai entendu parler de vous. En fait, nous connaissons tous les deux quelqu'un… que je cherche à retrouver.

— Ah… Et de qui s'agit-il donc ?

— De Rayan…

À l'évocation du nom, son visage change. Le sourire fait place à des lèvres fermées, son regard doux à des yeux glaçants.

— Je n'ai plus de contact avec lui. Qu'a-t-il encore fait ?

— Il m'a sauvé la vie et je veux le remercier. Vous êtes la seule personne à pouvoir m'aider.

— Alors, je vais être franche avec vous : je ne veux plus entendre parler de lui et, d'ailleurs, je ne sais pas où il est.

— Je comprends… Mais, je le répète, vous êtes la seule personne à pouvoir m'aider. Vous avez son téléphone ? Une adresse d'un parent, un mail ? S'il vous plaît…

— En fait, qu'est-ce que vous ne comprenez pas lorsque je vous dis que je ne veux plus entendre parler de lui ? Quand et où l'avez-vous vu ?

— C'est le 20 août dernier que le hasard, ou la providence, a voulu que nous nous rencontrions et qu'il me sauve la vie. Sans lui, je ne serais plus là.

— Et il vous a parlé de moi ?

— Oui, vous êtes la femme de sa vie.

— Il est gonflé, quand même ! Je vois qu'il n'a pas changé. Et c'est lui qui vous envoie, j'imagine. Pas le courage de venir lui-même ?

— C'est plus compliqué que ça. Si vous saviez tout ce que j'ai dû faire pour retrouver sa piste ! Pour ma part, je garde le souvenir d'un jeune homme beau, sensible et doué d'une grande gentillesse.

— Si je peux vous donner un conseil : tenez-vous à l'écart de lui !

Clément griffonne son numéro de téléphone sur une serviette en papier qu'il dépose sur la table.

— Si vous ne le faites pas pour lui, faites-le pour moi. Il n'en saura rien. Je vous en supplie, Sarah…

Clément reprend sa place, laissant Sarah dans un profond émoi. Il est déçu que, encore une fois, la piste débouche sur une impasse. Déçu également que l'image qu'il avait de Rayan soit ternie.

19

Clément finit son café froid et s'apprête à quitter les lieux, sans grand espoir de retrouver Rayan. De toute façon, en valait-il la peine ? Les informations qu'il a obtenues sur lui ne plaident guère en faveur de l'image de super-héros qu'il a de lui. En plus, il sent bien que Sarah n'a pas tout dit.

Il lance un dernier regard furtif vers la jeune femme avant de se lever. Leurs regards se fuient aussi vite qu'ils sont croisés.

Marchant d'un pas lent, Clément a sa tête des mauvais jours. Il s'apprête à abandonner son poste de vigie – une simple table de bistrot.

— Un instant ! crie Sarah.

Elle l'invite à revenir à sa table. C'est tout à la fois un espoir et un honneur pour Clément de se tenir à la place de son ami.

— J'ai essayé de le détester, je crois même avoir réussi à l'effacer de ma vie. En surface, du moins. Vous débarquez, et hop ! Le revoilà ! Je ne sais pas si c'est un rêve ou un cauchemar…

— Je suis désolé de vous troubler. Sachez juste qu'il ne vous a pas oubliée et qu'il vous regrette. Vous comptez pour lui.

— C'est facile de dire ça. Moins de l'assumer.

— Je ne sais pas ce qui s'est passé entre vous, mais je sais maintenant que vous souffrez tous les deux.

— Je vous conseille de vous tenir à l'écart. Il va vous décevoir, vous aussi.

— Peu importe ! L'amitié, c'est tout accepter, tout pardonner. Personne n'est parfait. Il m'a ouvert les yeux quand je voulais les fermer. Rien que pour ça, je le retrouverai !

Sarah ressent le besoin de se confier. Elle qui ne voulait plus entendre parler de Rayan semble résignée à en savoir davantage. Son regard s'est adouci et, petit à petit, un lien de confiance s'installe. Après tout, parler à un inconnu, c'est comme parler à un psy. On peut dire tout et n'importe quoi. C'est comme un exutoire.

— Pour quelqu'un qui le déteste, vous paraissez encore très attachée. De quand date votre séparation ?

— Je vous donne dans le mille : à la Saint-Valentin ! Mais quel con, je vous jure ! Je le déteste ! Plus jamais, jamais, jamais je ne veux entendre parler de lui.

— Sauf que vous avez besoin et envie de parler de lui… Je peux vous écouter, vous savez…

— Il avait une double relation. Il ne fait que mentir. Soi-disant pour ne pas faire souffrir. Pfff… Quand il a fait des bêtises, j'étais là. J'ai supporté la séparation physique lors de sa désintoxication, préparé sa sortie, je l'ai entouré de tout l'amour possible, et ce n'était pas suffisant.

— Êtes-vous certaine que nous parlons du même homme ?

— L'ombre et la lumière, avec lui. Au fond, il veut toujours faire le bien, mais il le fait mal. Le mensonge est sa parade.

Clément aurait eu des circonstances atténuantes s'il avait décidé de laisser tomber sa quête. Finalement, plus il en apprenait sur Rayan, plus cela lui rendait cet être attachant, et plus il pensait pouvoir l'aider. Parfois, c'est une bonne chose que les héros aient des défauts, comme tout le monde. Cela les rend plus humains et plus accessibles.

20

L'émotion de Sarah était en tout point comparable à celle de Rayan. Deux êtres fâchés, cherchant l'un et l'autre à oublier leur amour, sans y parvenir. Malgré le temps, malgré les griefs, l'amour est toujours palpable. Les yeux rougis, Sarah revoit ses moments de bonheur comme autant de réminiscences d'une vie heureuse.

— Je suis touché par votre histoire et je vous remercie de votre confiance, Sarah. Je ne vous connais pas vraiment, pas plus que je connais Rayan, mais vous auriez fait un beau couple et vous auriez eu de beaux enfants.

— C'est ce que nous pensions tous les deux à l'époque, mais il a tout fichu en l'air. Il n'a même pas été capable d'assumer sa paternité.

— Vous avez un enfant ? Mais c'est fabuleux, ça !

— Nous aurions dû… J'ai préféré avorter. Un enfant sans père, comment aurait-il pu s'épanouir ? Un père absent, coureur de jupons, menteur, fauché comme les blés et addict à l'herbe. Pour couronner le tout, il n'a même pas été présent pour m'accompagner et me soutenir.

Clément est désolé d'avoir fait ressurgir ce douloureux passé. Il se sent dépassé et confus. Aucun mot ne peut panser de telles blessures. Seules ses deux mains, qui serrent la main de Sarah, peuvent apporter de la bienveillance et un maigre réconfort.

— Je suis désolé… Vous avez dû passer par des moments difficiles.

— Difficiles ? Une dépression sévère, un sentiment de culpabilité et de honte, la difficulté d'affronter le regard des autres, et même le mien, dans un miroir. À part ça, tout va bien.

— Vous songez à refaire votre vie, j'espère…

— Oh, non. Je crois toujours qu'il va revenir et je ne suis pas prête à refaire ma vie avec quelqu'un d'autre, même si je le déteste…

— Vous aimeriez qu'il revienne ?

— Non… Il a fait trop de mal. À moi, à ma famille. Je ne pensais pas qu'un jour on me parlerait de lui. Je ne sais pas si je dois vous souhaiter de le retrouver, mais bonne chance quand même.

Sarah quitte le café, laissant Clément désemparé. Il a toujours pensé qu'une peine partagée est divisée et qu'un plaisir partagé est multiplié. Mais là, il est vraiment affecté par ces tristes révélations.

Pourtant, à aucun moment, il ne se dit qu'il doit cesser ses recherches. Il se demande même si, cette fois, ce n'est pas à lui de sauver Rayan. Pas le soldat, mais son ami.

Dans le bar, le temps s'est arrêté. Plus personne ne parle ni ne rit. Le percolateur a fini d'animer la salle de son bruit étourdissant. Le tintement des cuillères a disparu. Clément est dans sa bulle. Il ne sait que penser ni que faire.

Sarah marche dans la rue pour regagner son domicile. Elle semble un peu perturbée. Elle déambule plus qu'elle ne marche, ne regardant que ce que l'horizon la laisse voir. Les vitrines lui sont comme invisibles. Elle pourrait croiser des connaissances qu'elle ne parviendrait pas à les voir. Le monde qui l'entoure n'existe plus.

« Alors que je parviens à peine à l'oublier, le voilà qui ressurgit de nulle part, et par l'intermédiaire d'un inconnu », se dit Sarah. La situation lui semble invraisemblable. Elle culpabilise de ne pas avoir été plus ferme et d'avoir cherché à avoir de ses nouvelles. Ses parents, qui l'avaient soutenue durant ses épreuves, n'apprécieraient pas d'apprendre ce qu'il vient de se passer. Tout se mélange dans sa tête, les bons moments et les mauvais souvenirs.

Il vaut mieux oublier une personne que vivre avec son bourreau. Telle a été la devise de Sarah depuis sa séparation. Le bourreau n'a pourtant jamais été bien loin. Tout lui rappelle son amour : un lieu, une photo de Turquie, l'un de ses vêtements, une mélodie de sa composition…

Chassez l'amour, et il revient au galop. Sarah se cache pour ne pas montrer son désarroi et ses larmes. Elle le sait, malgré toutes les épreuves et les déceptions : c'est l'homme de sa vie, et elle en est amoureuse comme au premier jour.

S'il était venu de lui-même, elle serait tombée dans ses bras. C'est l'homme de sa vie. Elle ne peut rien contre ça.

21

Le temps s'écoule lentement, aussi lentement que le sang qui quittait le corps de Clément il y a quelques mois. La douleur est différente, mais la souffrance aussi dense.

Clément a arrêté brutalement son traitement, comme il a arrêté ses recherches. Il lui reste des boîtes entières. De quoi arrêter toute souffrance pour l'éternité. À quoi bon tenter de changer sa vie ? Toutes les tentatives restent vaines. C'est l'histoire de sa vie. Condamné à subir. Il pensait avoir un ami, mais il est parti aussi vite qu'il est arrivé. De toute façon, s'il se comporte en amitié comme en amour… Sarah avait sans doute raison de lui recommander de se tenir à l'écart.

Allongé sur son lit, les bras en croix sur sa poitrine, Clément ne pense plus à rien et il somnole. Soudain, le son d'un SMS retentit.

C'est Marie-Claude. Elle s'inquiète de son silence. La psychiatre lui a demandé des nouvelles.

Clément répond : « Comment allez-vous ? Moi, ça va très bien, ne vous inquiétez pas. Je vous raconterai. » Et il éteint son portable.

22

Bien malgré lui, Clément reprend sa vie d'avant. Ennui et vague à l'âme meublent ses journées. Sa boîte à cookies se remplit un peu plus chaque jour :

- Lundi : si tu aimes les arcs en ciel, accepte la pluie.
- Mardi : je peux être aimé.
- Mercredi : si on ne m'aime pas, je m'en fous.
- Jeudi : j'aimerais avoir un ami…
- Vendredi : Rayan est un ami.
- Samedi : Le meilleur reste à venir.

C'est la gorge nouée que, chaque matin, il écrit ces messages.

Ils sont censés lui apporter de bonnes pensées pour conditionner ses actions. Hélas, les effets sont inexistants. Tout autant que les efforts qu'il fait pour se convaincre d'oublier Rayan. « Ce type n'en vaut pas la peine », se répète-t-il à longueur de journée.

Il pense à Sarah et finit par penser comme elle.

Parfois, il rêve d'une vie dans laquelle il serait entouré de toute l'affection et de tout l'amour que l'amitié peut apporter. Rayan serait avec Sarah, il serait l'ami du couple, ils sortiraient tous les trois dîner en ville, boiraient des bières belges et mangeraient des welshs.

Quand Rayan ne serait pas joyeux, ils s'appelleraient ou Sarah préviendrait Clément en cachette pour lui demander d'intervenir. Elle dirait : « Vous êtes beaux à voir. »

Cela semble très naïf, c'est vrai. Mais c'est beau. Pourquoi les humains s'interdisent-ils d'être naïfs ?

L'amitié est pour Clément la plus belle des relations. On peut être amoureux de quelqu'un qui ne vous aime pas, mais vous ne pouvez pas être ami avec quelqu'un qui ne vous reconnaît pas comme tel. Finalement, est-il l'ami de Rayan ? Il ne l'a pratiquement pas connu et ce qu'il sait de son passé le fait douter qu'ils puissent devenir amis. Rayan aurait-il perçu la vraie personnalité de Clément au point de devenir son ami ?

Toutes ses questions sans réponses font sombrer Clément un peu plus dans ce désespoir et cette solitude qui résument si bien sa vie.

Un SMS arrive. Clément le lit aussitôt. Non qu'il attende une bonne nouvelle, mais plutôt pour passer le temps. Lire et effacer une promotion commerciale occupera toujours quarante-cinq secondes de sa journée.

Le numéro lui est inconnu. « Ne lui parlez pas de moi. Voici son numéro (s'il n'a pas changé) : 06 89 06 14 22. Bonne chance. Sarah. »

Voilà un message qui donne le sourire à Clément. Il ne se pose même pas la question de savoir s'il va le contacter ou pas. Bien sûr qu'il va le faire, et même tout de suite !

« Vous êtes sur la messagerie de Rayon Bondues. Je ne suis pas disponible pour le moment, merci de laisser votre message. »

L'émotion ? La peur ? L'excitation ? Clément se sent incapable de laisser un message sans bégayer ! Le plus simple est d'envoyer un SMS : « Bonjour Rayan, je suis Clément. Vous savez, le type que vous avez sauvé. J'aimerais vous remercier de votre secours. Peut-on se rencontrer samedi au Coffee House, dans le Vieux-Lille, à 10 heures ? J'espère sincèrement vous revoir. Clément. »

23

L'appel de Rayan ne se fait pas attendre. À peine dix minutes plus tard, Clément est enfin en train de reparler à celui qu'il a cherché durant des semaines – une éternité !

— Clément ? Moi qui vous ai cru mort…

— C'est grâce à toi, Rayan. Je crois qu'on peut se tutoyer, à présent !

— Comment as-tu fait pour me retrouver ?

— Ça, c'est une longue histoire. Je te raconterai si tu veux. On se voit samedi, alors ?

— Oui. Tu ne veux pas aller ailleurs ?

— Ah non, surtout pas, c'est classe, comme endroit, tu verras. Alors, à samedi ?

— D'accord… Attends, Clément ! Euh… je voulais te dire… Je suis content que tu ailles bien et je suis content de te revoir. À samedi !

Rayan n'avait pas cessé de penser à Clément depuis le 20 août. Au fond de lui-même, il pensait qu'il n'avait pu survivre. Sa vie avait repris et il éprouvait une forme de culpabilité. Il se disait qu'il n'avait sans doute pas réussi à sauver cet homme pour qui il avait ressenti une sympathie immédiate. Il avait fait le deuil de celui qui aurait pu devenir l'ami qu'il attendait depuis si longtemps.

Sa vie, pourtant, avait changé. Ce n'est pas tant le traumatisme d'avoir vu d'aussi près la mort de cet homme que le fait d'avoir soudain pris conscience de la fragilité de la vie et du bonheur.

Clément l'avait fait réfléchir et Rayan s'était même confié à lui. Il lui arrive encore d'avoir la gorge nouée en repensant à Clément.

De même, il ne cesse de repenser à Sarah. Aucune de ses conquêtes n'est parvenue à chasser son souvenir, du moins de manière durable. Il est parti sans un mot, l'a supprimée des réseaux sociaux ; il a fait en sorte de ne pas avoir à faire face à ses erreurs. Souvent, il a eu envie de lui demander pardon, de lui expliquer. Peut-être aurait-elle compris, peut-être aurait-elle pu retrouver un équilibre serein pour être heureuse.

« Elle mérite d'être heureuse et moi, je ne la mérite pas », s'est-il souvent répété. Il a cherché à se faire tout petit pour se faire oublier, ne rien avoir à expliquer.

Expliquer quoi, d'ailleurs ? Qu'il ne sait pas dire non à la beauté des femmes. Ce n'est pas sa faute s'il plaît tant. Pour autant, il était difficile de renoncer à Sarah. Elle qui avait tout accepté pour l'aider, ou plutôt pour le sauver de ses dérives.

Il repense aux bons moments, au voyage en Turquie, aux promesses qu'il n'avait pas tenues, mais qui, sur le moment, étaient tellement sincères. Il le sait, Sarah est la femme de sa vie. Il l'aime toujours autant, voire plus, avec tout ce qu'elle a enduré.

La rencontre de Clément n'est pas un hasard. Il ne croit pas au hasard. S'il l'a rencontré, c'est pour l'inviter à réfléchir sur sa vie, passée et future.

Le SMS puis la conversation avec Clément viennent conforter sa conviction selon laquelle, tôt ou tard, on doit répondre de ses erreurs. Et si Clément était enfin l'ami qu'il avait si souvent désiré ? Et s'il avait été envoyé pour le protéger et le guider ?

La gorge serrée, Rayan est partagé entre un sentiment de culpabilité et l'espoir d'avoir enfin un « meilleur ami » pour ne plus être seul.

L'idée de revenir au Coffee House l'effraie. Revenir sur ses pas va inévitablement ressusciter les moments joyeux du passé. Il faut peut-être passer par ces instants pour reprendre l'histoire là où elle s'est arrêtée et pouvoir décider de la fin.

Samedi, il a rendez-vous avec Clément, mais surtout avec lui-même, avec son passé et ses remords.

24

Clément retrouve à nouveau, grâce à son ami Rayan, la joie de vivre. Ne pas se sentir repoussé est une sensation dont il n'avait pas l'habitude.

Il en est persuadé, ils deviendront amis. Le feeling est passé tout de suite, comme un coup de foudre amical. Et puis, après ce qu'a fait Rayan, il paraît impossible de ne pas garder un lien fort.

L'endroit est toujours aussi agréable. Clément y a maintenant des souvenirs. Le souvenir d'une rencontre, en particulier. Et il s'apprête à faire, à nouveau, une rencontre.

Clément s'installe près de la fenêtre pour le voir arriver. Il est arrivé de bonne heure et éprouve… du bonheur ! La nuit a été assez courte. L'idée même de le revoir, après toutes ces péripéties ! Dire qu'il était à deux doigts d'abandonner !

Il a une pensée pour toutes ces personnes qui l'ont aidé à le retrouver. Marie-Claude et son mari, la psychiatre, le voisin, les collègues… La galerie de portraits défile dans sa mémoire. C'est aussi touchant que réconfortant.

Un regard sur la montre. 10 h 20… Et s'il ne venait pas ? S'il avait changé ? Si c'était bien le goujat dépeint par Sarah ? Non, Clément ne peut s'y résoudre. Quoi qu'il ait fait, c'est un mec bien. On a tous fait des erreurs. À partir de ce jour, Rayan peut compter sur le soutien et l'amitié de Clément. C'est à son tour d'être là pour lui.

Visiblement, il a un défaut de plus : il n'est pas très ponctuel ! La liste de ses défauts commence à être longue.

Clément regarde son portable et indique à Rayan qu'il l'attend au fond du Coffee House.

« Je suis là dans trois minutes », lui répond Rayan.

À dix minutes près, c'était vrai… Clément reconnaît tout de suite Rayan alors que ce dernier marche dans la rue. Il ne l'a pas vu longtemps, mais assez pour le reconnaître. Il est vêtu d'un pantalon gris, d'une veste en daim marron et de chaussures assorties. Toujours aussi élégant, toujours aussi beau.

Le pas assuré, le regard clair, Rayan entre dans le café et se dirige vers le fond de l'établissement.

Dissimulé derrière les plantes vertes, Clément observe Rayan. Fidèle à l'habitude qu'elle a prise depuis des années, Sarah est là.

Leurs regards se croisent, leurs corps restent figés. Leurs visages graves soulignent à la fois l'étonnement, la peur et l'émotion des retrouvailles.

Sarah se lève. Elle aurait pu le gifler. Ce n'est d'ailleurs pas l'envie qui lui manque !

Les deux amoureux tombent l'un et l'autre dans les bras.

Au moment où la serveuse apporte les cappuccinos – avec des cœurs, bien entendu –, Clément sort discrètement du bar.

Il y a quelques mois, Rayan l'avait sauvé. Aujourd'hui, c'est à son tour de sauver l'homme qu'il considérait comme son véritable ami. Clément vient de rendre à Rayan ce qu'il attendait le plus : l'amour de Sarah.

Imprimé en France
Achevé d'imprimer en juin 2023
Dépôt légal : mai 2023

Pour

Le Lys Bleu Éditions
40, rue du Louvre
75001 Paris